日本一短い手紙

「母へ」

平成二十九年度の第二十五回 一筆啓上賞「日本一短い手紙『母へ』」（福井県坂井市・公益財団法人丸岡文化財団主催、一般社団法人坂井青年会議所・株式会社中央経済社共催、日本郵便株式会社協賛、福井県・福井県教育委員会・愛媛県西予市後援、住友グループ広報委員会特別後援）の入賞作品を中心にまとめたものである。

同賞には、平成二十九年四月十日～十月六日の期間内に三万八一八二通の応募があった。三〇年一月二十五日に最終選考が行われ、大賞五篇、秀作一〇篇、住友賞二〇篇、坂井青年会議所賞五篇、佳作一〇〇篇が選ばれた。

同賞の選考委員は、小室等、佐々木幹郎、宮下奈都、新森健之の諸氏である。

本書に掲載した年齢・職業・都道府県名は応募時のものである。

目次

大賞

［日本郵便株式会社　社長賞］

「お母さん」へ

お母《かあ》さん、星空《ほしぞら》で一《いっ》しょになったら、
二人《ふたり》だけの新《あたら》しい星《せい》ざを作《つく》ろう。

死んでしまったお母さんと、ぼくも死んで会えたら、新しい星ざをつくろう、という意味です。

岩本 翔真
千葉県 9歳 小学校4年

一筆啓上

「お母さん」へ

お母さん、星空で一しょになったら、二人だけの新しい星ざを作ろう。

「お母さん」へ

「死《し》にたければ一緒《いっしょ》に死《し》ぬよ」
この一言《ひとこと》が私《わたし》の生《い》きる支《ささ》えです。

玉村 綾音
福井県 13歳 中学校2年

一筆啓上【お母さん】へ

「死にたければ一緒に死ぬよ」この一言が私の生きる支えです。

「お母さん」へ

お母《かあ》さん、おならして、すました顔《かお》で、
「はいどうも」と開《ひら》き直《なお》るのやめて下《くだ》さい。

生野 薫
福岡県 34歳 アルバイト

やめて下さいと言いつつ、どんな時も明るい母が大好きです。

一筆啓上

「お母さん」へ

お母さん、おならして、すました顔で、「はいどうも」と開き直るのやめて下さい。

「ママ」へ

ママすきじゃない。
だーいすき。

ことより

籾山 香都
東京都 4歳

娘がよく言う言葉です。初めて「ママすきじゃない」と言われた時はびっくりしましたが。
私も娘が「だーいすき」です。

ママへ

ママすきじゃない。だーいすき。

ー

ことより

「母」へ

毎年《まいとし》、差《さ》し替《か》える遺影候補《いえいこうほ》。
気《き》が済《す》むまでずっと撮《と》り続《つづ》けていいよ。
来年《らいねん》もその先《さき》もね。

今井　良子
新潟県　50歳　飲食業

一筆啓上

「母」へ

毎年、差し替える遺影候補。気が済むまでずっと撮り続けていいよ。来年もその先もね。

大賞選評

選考委員　佐々木　幹郎

大賞については賞全体の顔となる作品、また異なるパターン、そして幅広い年代という基準で討議をした。作品だけでいえば秀作、住友賞にも大賞に代わって構わない作品がいくつもあるが、今年を代表する母への手紙を大賞五作に選んだ。

籾山さんの作品は母への好きとか愛してるといった言葉だけでは収まり切れない伝えたい想いを象徴している。好きでは言い含められないから逆に好きじゃないと言い、「だーいすき」の棒引きに言葉では収まり切れないイメージを含ませた。

岩本さんは亡くなったお母さんに悲しいという言葉を使わず、残された自分もいずれ死ぬ、それを踏まえて二人だけの新しい星座と、切ないまでも美しい言葉で表現した。九歳がそこまで考えるかという意味で感動的であると同時に驚きだ。

現代の十代の自殺願望は大人が想定している以上に広く深く浸透している。死という言葉が簡単にでてくるような時代に子どもを支えるのは社会ではなく一番近いところにいる親だろう。玉村さんの作品は一緒に死ぬよと非常にきつい言葉だが、お母さんの本能的に出てきた言葉だと思う。それは私の生きる支えであると同時にそんなお母さんを支えたい、そのためには死ねない。手紙という形で自身の記憶に残すとともに文字でお母さんにも伝えたいという愛情の表現だ。

生野さんの作品は本当にユーモラスだ。自分のおならに対しての照れを「はいどうも」とすますお母さんとのゆるやかな、やわらかな、明るい関係のあり方がよく出ている。今井さんの作品は、撮り続ける遺影候補という母のかわいらしい瞬間を描くことによって、お母さんの長寿を願う気持ちを伝えようとしている。

第一回「母への手紙」と比べても、母への想いは永遠に変わらないだろう。それでもスマホなど生活環境の変化によるお母さんとの関係の取り方が変わり、前回の大きな、どっしりした母へのイメージと違って、今年は同僚のような感覚、年齢低下しているお母さん像が多かったように思う。

（入賞者発表会講評より要約）

秀作

［日本郵便株式会社　北陸支社長賞］

「母ちゃん」へ

電子《でんし》レンジが鳴《な》った時《とき》に
「友達《ともだち》が呼《よ》んでるよ。」
と僕《ぼく》を使《つか》うのをやめて下《くだ》さい。

藤田　大和
岐阜県　14歳　中学校2年

一筆啓上【母ちゃん】へ

電子レンジが鳴った時に「友達が呼んでるよ」と僕を使うのをやめて下さい。

「お母《が》」へ

電話《でんわ》でオレオレって言《い》うのは
サギだがらな!!
オラはオラオラって言《い》うがら!!
分《わ》がるべオ母《が》

大石 清美
秋田県

「びんぼうな家にはオレオレの電話なんてかかって来ない」と安心してるお母。

でも、心配だなぁ～お人好しだし、心配性だし…でも、俺はオラオラと言うからわかるかな～

一筆啓上 「お母へ」へ

電話でオレオレって言うのはサギだがらな!!オラはオラオラって言うがら!!分がるべオ母が

「大好きなお母さん」へ

もう会《あ》えなくても
お母《かあ》さんはずっとわたしのお母《かあ》さんだよ。
これからは夢《ゆめ》で会《あ》おうね

藤澤　生帆
福井県　18歳　高校3年

一筆啓上

「大好きなお母さん」へ

もう会えなくても
お母さんはずっと
わたしのお母さん
だよ。これからは
夢で会おうね

「ママ」へ

ママのいないぼくに
ママが　できた。
ぼくのママになってくれて　ありがとう。
大《だい》すき

すぎ田　りゅう生
福井県　7歳　小学校2年

ママのいないぼくに　ママが　できた。ぼくのママになつてくれて　ありがとう。大すき

「お義母さん」へ

息子《むすこ》の顔《かお》さえ忘《わす》れてるのに、
うちの嫁《よめ》によう似《に》てると
私《わたし》に言《い》ったお義母《かあ》さん。
正解《せいかい》です。

夫の母は、10年以上前にアルツハイマーを発症し、現在施設暮らしです。面会に行った時、義母「あんたほんまによう似てるわ」私「誰に?」義母「うちの息子の嫁に」なんて会話がありました。びっくり嬉しでした。

岩井　文子
奈良県　会社員

一筆啓上「お義母さん」へ

息子の顔さえ忘れてるのに、うちの嫁によう似てると私に言ったお義母さん。正解です。

「おかあさん」へ

わたしは、ぞうきんがけ大《だい》すきなのに、
どうしてロボットかってきたの。

坪川　らら
福井県　6歳　小学校1年

一筆啓上　[おかあさん]へ

わたしは、ぞうきんがけ大すきなのに、どうしてロボットかってきたの。

「お母さん」へ

ぼくが生《う》まれて十年《じゅうねん》だから、
お母《かあ》さんも十才《じっさい》ですね。
まだまだいっしょにがんばろうね。

榗﨑　悠善
福岡県　10歳　小学校４年

一筆啓上
「お母さん」へ

ぼくが生《う》まれて十《じゅう》
年《ねん》だから、お母《かあ》さ
んも十《じっ》才《さい》ですね。
まだまだいっしょ
にがんばろうね。

「母」へ

母《はは》へ。六十五歳《ろくじゅうごさい》を伝《つた》えた時《とき》
「そうか！大《おお》きくなったな」と返事《へんじ》。
お母《かあ》ちゃんのお陰《かげ》です。

90才近くの実母に、電話口で私の誕生日を迎えた事を伝え、娘に生まれた事に感謝し、来世も又、親子の繋がりになりたい願いを込めて「ありがとう」と伝えた時の会話です。母は「オレは、何もしとらんぞ！」と言ったけど私は、今も甘えてばかりいます。
意味。『しとらんぞ』三河地方の方言。『何もしていない』

川邊　ちひろ
愛知県　65歳　主婦

「母」

母へ。六十五歳を伝えた時「そうか！大きくなったな」と返事。お母ちゃんのお陰です。

「母」へ

生意気《なまいき》な私《わたし》を
「自慢《じまん》の娘《むすめ》」と皆《みんな》に言《い》ってたね
今《いま》も生意気《なまいき》です。
だって自慢《じまん》の娘《むすめ》だもん。

佐野　つとめ
静岡県　73歳　主婦

「母へ」

生意気な私を「自慢の娘《むすめ》」と皆に言ってたね

今も生意気です。だって自慢の娘《むすめ》だもん。

「ママ」へ

学校《がっこう》に早《はや》く行《い》けって言《い》うくせに
早《はや》く帰《かえ》って来《き》てねって言《い》うあたり
すごいすき。

沖 利音
広島県 17歳 高等部3年

〔　ママ　〕へ

学校に早く行け、
て言うくせに早く
帰って来てねって
言うあたりすごい
すき。

秀作選評

選考委員　宮下　奈都

今回もたくさんの良い作品があって、予備選考を通過した箱の中から一枚一枚じっくり読んでいくのはわくわくした。そうして残した作品たちの中から、また、大賞、秀作、住友賞などを選んでいくのは、楽しくもあり、つらくもあった。しっかり読み込んだつもりでも、他の委員が推す中から新しい発見もあった。話し合い、迷いながらも、素晴らしい秀作十篇を選ぶことができてほっとしている。短い手紙の中に、さまざまな母がいて、さまざまな子がいて、そのさまざまな関係がうかがえる、バラエティ豊かな十篇になったと思う。

私自身が三人の子供の母なので、身につまされるものも多かった。思わぬところで驚かされたり、グッときたり。涙することもしばしばあった。ところが、母の立場で読んでいるつもりなのに、ひとりの子供の私になって、母への気持ちを反芻していたりもする。母になったり、子になったり、不思議な行き来を楽しませてもらった。

昨年も感じたことだけれど、これが大賞になってもおかしくなかった、という出来のものもあり、逆に、選外からここに入っても遜色はない、というものもある。助詞の使い方で、語尾の選び方で、印象が変わり、作品としてのレベルも変わってくる。一筆啓上賞というこの楽しい賞は、素直な手紙であると同時に、ひとつの作品でもある。母だけに読まれるのではなく、選者からも読まれること。そして、また、選者から読まれるけれども、まぎれもない母への手紙であること。その絶妙な両立が求められることを念頭に置いて書いていただけるといいと思う。

住友賞

「母」へ

「側転《そくてん》できた」

「速《はや》く走《はし》れた」

「男《おとこ》にモテた」

全《すべ》て過去形《かこけい》。

説得力《せっとくりょく》がありません。

兼田　悠汰
福井県　13歳　中学校2年

一筆啓上「母」へ

「側転できた」

「速く走れた」

「男にモテた」

全て過去形。説得力がありません。

「お母さん」へ

たい焼《や》きを「半分《はんぶん》っこね」と
しっぽだけよこす
そういうところ　大好《だいす》きだよ

おちゃめな　お母さん　やること全てに笑いがある　お母さん は、明るく　灯してくれる。

舟橋　優香
茨城県　23歳　ＷＥＢ漫画家

一筆啓上

「お母さん」へ

たい焼《や》きを「半《はん》分《ぶん》っこね」としっぽだけよこす

そういうところ大好きだよ

「母」へ

何《なに》も聞《き》かず言《い》わず
夕飯《ゆうはん》を作《つく》ってくれたあの日《ひ》
帰《かえ》ろうと思《おも》いました。
あんな母《はは》になりたい。

西川　高子
福井県　公務員

一筆啓上
「母へ」へ

何も聞かず言わず夕飯を作ってくれたあの日　帰ろうと思いました。あんな母になりたい。

「お母さん」へ

ピアノのれん習《しゅう》の時《とき》、
あまりおこらないでください。
この曲《きょく》は、やさしくひく曲《きょく》だから。

荒木　奏文
福井県　9歳　小学校3年

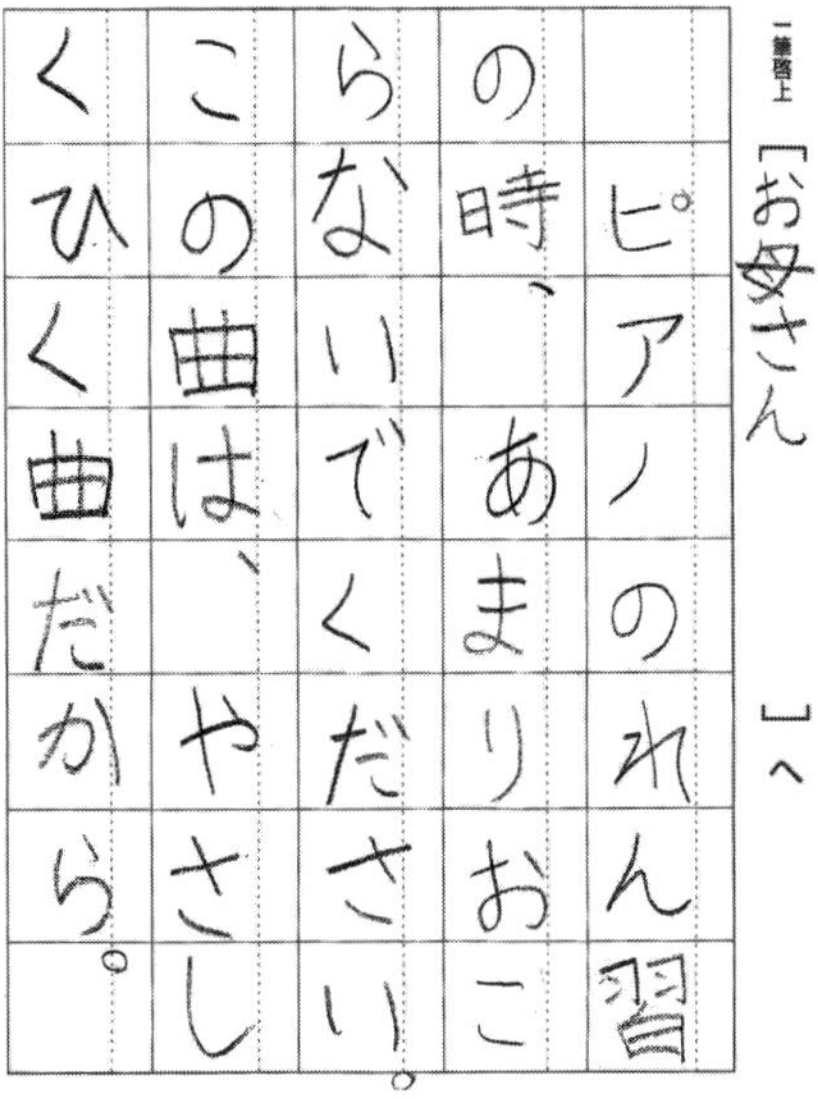
一筆啓上
「お母さん」へ
ピアノのれん習の時、あまりおこらないでください。この曲は、やさしくひく曲だから。

「まま」へ

いつもおとうとが1ばん、
わたしが2ばん。
おとうとがねたよ
わたしが1ばんだよ。

かいどう　りんか
福井県　6歳　小学校1年

一筆啓上

「まま」へ

いつもおとうと
が1ばん、わたし
が2ばん。おとう
とがねたよわたし
が1ばんだよ。

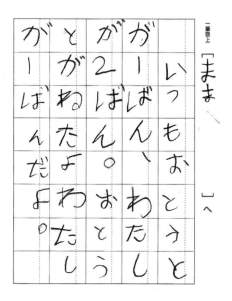

「お母さん」へ

働《はたら》き蜂《ばち》のお母《かあ》さん、
忙《いそ》がしく動《うご》いてる。
大声《おおごえ》も飛《と》んでくる。
いつかは女王蜂《じょうおうばち》になるのかな

前田　蒼空
福井県　9歳　小学校4年

一篇略上

「お母さん」へ

働《はたら》き蜂《ばち》のお母《かあ》さん
、忙《いそ》がしく動《うご》いて
る。大《おお》声《ごえ》も飛《と》んで
くる。いつかは女《じょう》
王《おう》蜂《ばち》になるのかな

「おかあさん」へ

おっぱいぽにょぽにょ。
さわるといいきぶん。
でも4さいで、ばいばいするんだ。

高畑　成希
滋賀県　3歳　幼稚園年少

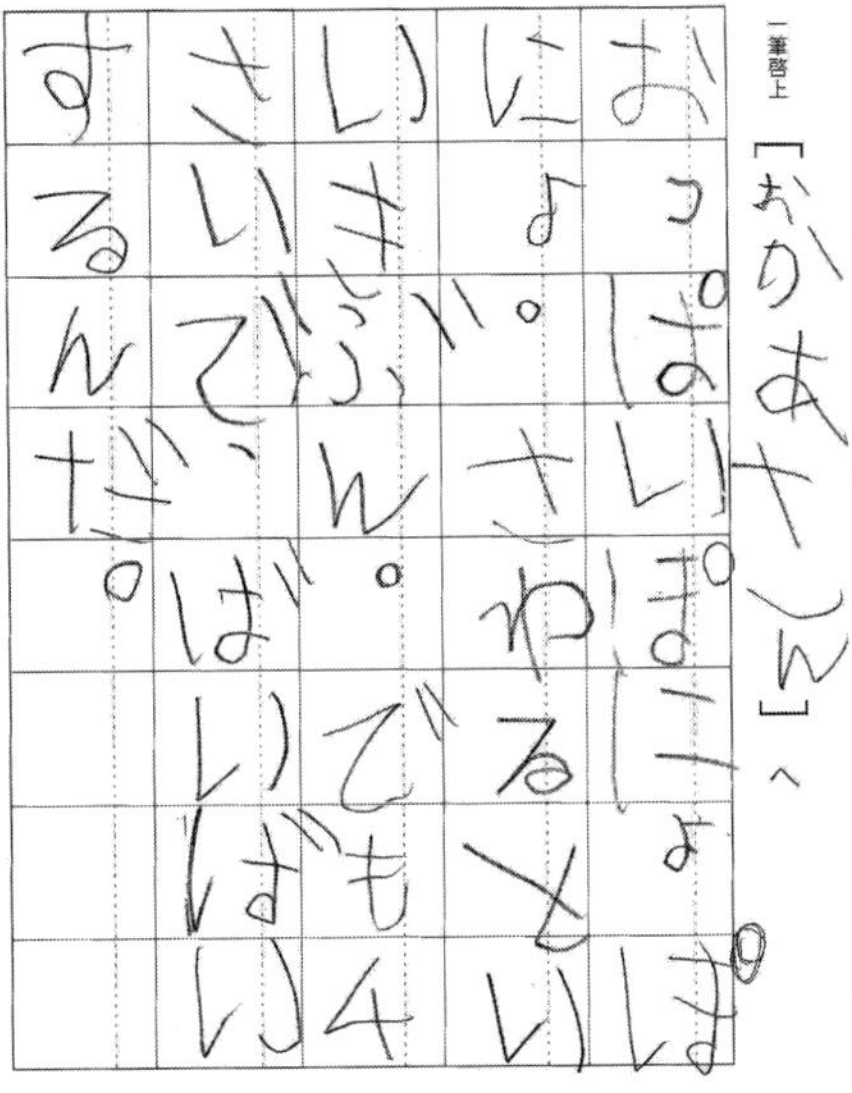

一筆啓上

「おかあさん」へ

おっぱいぽにょぱにょ。さわるといいきぶん。でも4さいで、ばいばいするんだ。

「お母さん」へ

「お母《かあ》さんの子《こ》だから大丈夫《だいじょうぶ》」
という根拠《こんきょ》のない言葉《ことば》に、
何度《なんど》も励《はげ》まされましたよ!!

大沢 あかね
茨城県 47歳 パート

一筆啓上

「お母さん」へ

「お母さんの子だから大丈夫」という根拠のない言葉に、何度も励まされましたよ!!

「お母さん」へ

最近車《さいきんくるま》の免許《めんきょ》を取《と》ったお母《かあ》さん、
怖《こわ》がりながら運転《うんてん》してるけど
怖《こわ》いのは僕《ぼく》だよ。

木下 俊
福岡県 12歳 小学校6年

「お母さんへ」

最《さい》近《きん》車《くるま》の免《めん》許《きょ》を取《と》ったお母《かあ》さん、怖《こわ》がりながら運《うん》転《てん》してるけど怖《こわ》いのは僕《ぼく》だよ。

「亡き母」へ

七歳《ななさい》の時《とき》、貯金箱《ちょきんばこ》を持《も》って家出《いえで》。
私《わたし》を見《み》つけてくれたあなたの安堵《あんど》の顔《かお》、
一生《いっしょう》忘《わす》れない。

長坂 均
埼玉県 61歳 会社員

一筆啓上

「亡き母」へ

七歳の時・貯金箱を持って家出。私を見つけてくれたあなたの安堵の顔、一生忘れない。

「おかあさん」へ

おこってたときに
ぼくのおかあさんもうやめるはなしだよ。
いちばんいいやなことだから。

吉田　絢真
福井県　6歳　小学校1年

一筆啓上
「おかあさん」へ

おこってたときにぼくのおかあさんもうやめるはなしだよ。いちばんいやなことだから。

「かあさん」へ

荷物《にもつ》と一緒《いっしょ》に送《おく》ってくれる手紙《てがみ》、そんなん知《し》らん言《い》うたけど本当《ほんとう》はいつも暗記《あんき》しとるよ。

深堀　絢
佐賀県　16歳　高校1年

今年、高校に入学し、親元を離れて寮で生活する私に、母は毎月荷物の底に手紙を忍ばせて送ってきます。中学校から反抗してばかりでなかなか素直になれない私は、まだ一度も返事を書いたことがありません。
この作品は、そんな母への返事だと思っていつも使う博多弁で書きました。

一筆啓上

「かあさん」へ

荷《に》物《もつ》と一《いっ》緒《しょ》に送《おく》ってくれる手《て》紙《がみ》、そんなん知《し》らん言《い》うたけど本《ほん》当《とう》はいつも暗《あん》記《き》しとるよ。

「お母さん」へ

お母《かあ》さん、
お父《とう》さんはお母《かあ》さんのため
車《くるま》の中《なか》にへそくりをしているよ。
ないしょだよ。

岩元　悠人
鹿児島県　10歳　小学校5年

一筆啓上

「お母さん」へ

お母さん、　お父さ
んは　お母さんの
ため　車の中にへ
そくりをしている
よ。ないしょだよ。

「母」へ

熱《ねつ》も出《だ》さず、風邪《かぜ》もひかないお母《かあ》さん。
そんな訳《わけ》ないって最近《さいきん》気《き》が付《つ》きました。

藤本　頼和
埼玉県　13歳　中学校2年

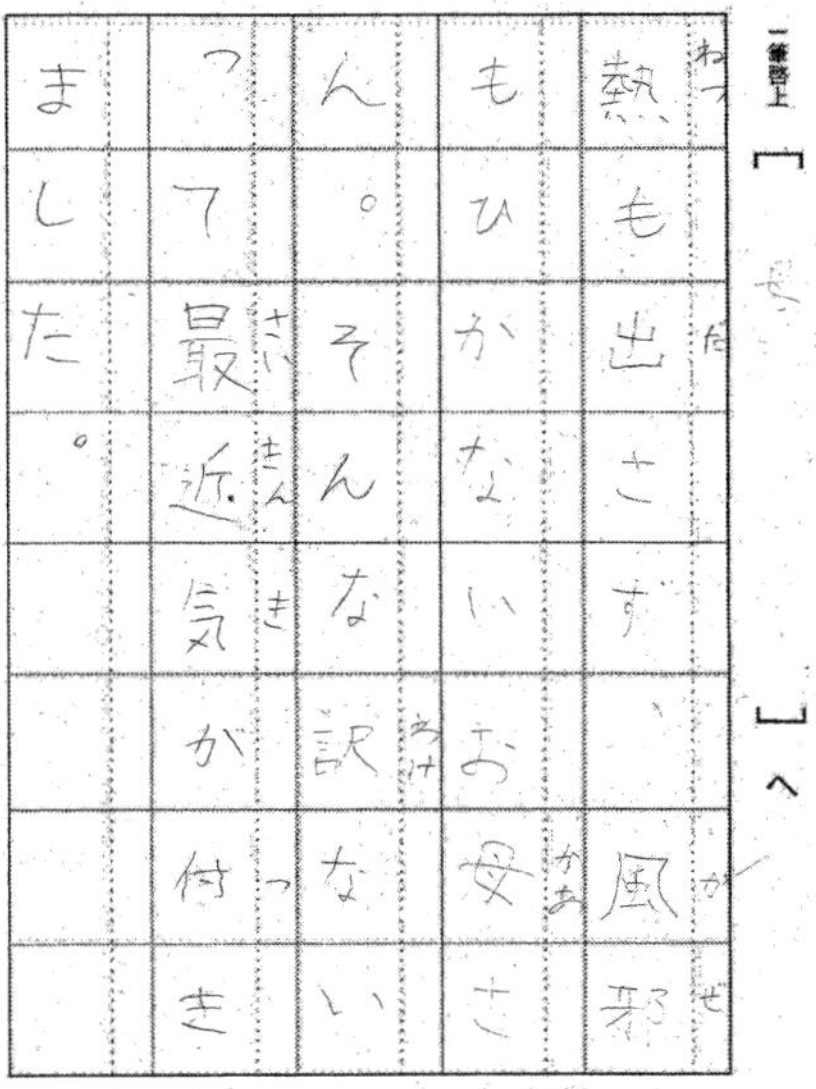
一筆啓上
「　　」へ

熱《ねつ》も出《だ》さず、風邪《かぜ》もひかないお母《かあ》さん。そんな訳《わけ》ないって最《さい》近《きん》気《き》が付《つ》きました。

「ママ」へ

ママが、いまおこるよと言《い》ってるときには、
もう、おこっているよね。

大木　陽莉
福井県　7歳　小学校2年

一筆啓上「ママ」へ

ママが、いまおこるよと言ってるときには、もう、おこっているよね。

「お母さん」へ

私《わたし》がお母《かあ》さんに
一番《いちばん》可愛《かわい》がられたと思《おも》っていた。
だけど弟《おとうと》も妹《いもうと》も同《おな》じことを言《い》うんだよ。

柳楽　威夫
大阪府　74歳

一筆啓上「お母さん」へ

私がお母さんに一番可愛がられたと思っていた。だけど弟も妹も同じことを言うんだよ。

「お母さん」へ

母《はは》の言葉《ことば》「大丈夫《だいじょうぶ》やって」。
その言葉《ことば》で毎日《まいにち》救《すく》われています。
魔法《まほう》の言葉《ことば》をありがとう。

池田　陽香
石川県　16歳　高校2年

一筆啓上「お母さん」へ

母の言葉「大丈夫やって」。その言葉で毎日救われています。魔法の言葉をありがとう。

「お母ちゃん」へ

「知《し》ってる?」
ぼくがお母《かあ》ちゃんを選《えら》んで
生《う》まれてきた事《こと》を。

柳田　寛大
福井県　12歳　小学校6年

一筆啓上

「お母ちゃん」へ

「知ってる?」

ぼくがお母ちゃんを選んで生まれてきた事を。

「大好きなママ」へ

もう死《し》んじゃう、
美人薄命《びじんはくめい》だもの。
と幼《おさな》い私《わたし》を不安《ふあん》にさせたママへ。
赤《あか》い頭巾《ずきん》送《おく》ります。

益子 美帆
東京都 34歳 主婦

一筆啓上

「大好きなママ」へ

もう死んじゃう、美人薄命だもの。と幼い私を不安にさせたママへ。赤い頭巾送ります。

「お母さん」へ

思春期《ししゅんき》の私《わたし》が言《い》う言葉《ことば》、
全部反対《ぜんぶはんたい》の意味《いみ》で伝《つた》わればいいなぁ。
お母《かあ》さん、ごめんね。

廣松　愛理
熊本県　14歳　中学校3年

一筆啓上

「お母さん」へ

思春期の私が言う言葉、全部反対の意味で伝わればいいなあ。お母さん、ごめんね。

住友賞選評

選考委員　新森　健之

今回も、母と子のさりげない日常の1シーンを切り取った優れた作品が多数選ばれた。

受賞作20篇の中で、20歳以下が14篇、内7篇が10歳以下と、若年層が昨年に引き続き健闘した。同年齢層は、学校単位での応募も多く、上位入賞者に占める比率も高い。作品中の言葉はいずれもさりげないものながら、手紙の中では魔法がかけられた様に輝きを放つ。

もちろん、大人の作品も、味わい深いものが揃い、こちらも奮闘頂いた。毎回思うことではあるが、ぜひ次回は、30~40歳代の方々にももっと奮起頂きたい。

さて、作品中には、色々な母親像が描かれているが、母親よりの一方通行的な愛情だけではなく、書き手である子どもからの愛情も感じとれた。それは、すでに亡くなった母親に対し、今もなお抱く感情であったり、手紙に託してこそ初めて伝えることができるメッセージだったりする。

例えば、最年長74歳の方の「私がお母さんに一番可愛がられたと思ってた。だけど弟も妹も同じことを言うんだよ。」という作品。

おそらく、お母さんに対して、気恥ずかしくて言えなかった想いを、今回手紙を書くことで、やっと伝えることができたのではないか。3人の子どもたちに分け隔てなく愛情を注いでこられたお母さんとの関係が伝わり微笑ましい。

今後も、自分の正直な気持ちを伝え、また口に出して言いづらい想いを表わせる場として、「一筆啓上賞があって良かった。」と多くの方に思って頂けることを願う。

坂井青年会議所賞

「母」へ

友達《ともだち》の前《まえ》でくっついてくるのはやめてね。
はずかしいから。
でも夜《よる》は一《いっ》しょにねてね。

川端　健流
福井県　9歳　小学校4年

一筆啓上「母へ」へ

友達の前でくっついてくるのはやめてね。はずかしいから。でも夜は一しょにねてね。

「お母さん」へ

お母《かあ》さんのアルバム見《み》たよ。
私《わたし》とにているね。
将来不安《しょうらいふあん》になったのでおかしひかえるね。

今のお母さんみたいになるのが、不安だ…

西正　伽南
福井県　10歳　小学校4年

一筆啓上

「お母さん」へ

お母《かあ》さんのアルバム見《み》たよ。私《わたし》とにているね。将《しょう》来《らい》不《ぶ》安《あん》になったのでおかしひかえるね。

「お母さん」へ

「いけだあくあ」
えんぴつにかいてくれた字《じ》を見《み》ると
よし　がんばってかくぞとおもうよ。

池田　空愛
福井県　7歳　小学校1年

一筆啓上「お母さん」へ

「いけだあくあ」
えんぴつにかいて
くれた字を見ると
よし　がんばって
かくぞとおもうよ。

「おかあさん」へ

わたしがねたあと、
いつもぎゅっとしてくれているの、
ほんとは気《き》づいているよ。

竹島　凜花
福井県　7歳　小学校2年

一筆啓上「おかあさん」へ

わたしがねたあと、いつもぎゅっとしてくれているの、はんとは気づいているよ。

「お母さん」へ

せつ分《ぶん》は年《ねん》に一回《いっかい》だけです。
そのつのを、
今《いま》すぐひっこめてください。

竹澤　樹里
福井県　8歳　小学校3年

一筆啓上 「お母さん」へ

せつ分は年に一回
だけです。
そのつのを、今す
ぐひっこめてくだ
さい。

佳作

「お母さん」へ

『微笑《ほほえ》みにまさる化粧《けしょう》なし』
素敵《すてき》な言葉《ことば》有《あ》り難《がと》う。
日々《ひび》イライラで実践《じっせん》には程遠《ほどとお》いけど。

池田　陽子
北海道　43歳　薬剤師

「お母さん」へ

「いつでも帰《かえ》っておいで」って
電話口《でんわぐち》で鼻水《はなみず》すすっただけなのに。

30年以上前、私が嫁いで間もなくのこと、母が姑のいる家へ嫁がせたことをずっと心配していました。私が電話すると、いつも言っていた言葉です。

番場 陽子
青森県 55歳 主婦

「おかあさん」へ

しつもんだけど、
いったいなんじにおきてるの。
ねているところを、
みたことがないよ。

後藤　結心
宮城県　7歳　小学校1年

「お母さん」へ

お母《かあ》さんと雅人《まさと》の
変《か》わり果《は》てた姿《すがた》を見《み》て
私《わたし》が悲《かな》しまない様《よう》に、
今《いま》も隠《かく》れているのかなあ。

東日本大震災で、息子と共に行方不明のままの母へ。

竹澤 さおり
宮城県 42歳 主婦

「まま」へ

1にちなんかい、
ままっていうんだろう。
おおきくなったら、へるのかな。
ねえ、まま。

かとう　ちさや
福島県　6歳　小学校1年

「母」へ

最高《さいこう》に幸《しあわ》せで最悪《さいあく》な苦悩《くのう》を味《あじ》わえる母親業《ははおやぎょう》。
なってみないと分《わ》からないね、お母《かあ》さん。

金子　幸栄
福島県

「おかあさん」へ

おれはおとこなのに、
なんでかわいいっていうの。
おしえて。

佐藤　陽成
福島県　7歳　小学校1年

「母」へ

携帯《けいたい》に残《のこ》っている
お母《かあ》さんの電話番号《でんわばんごう》。
あれから一度《いちど》もかけていない、
消去《しょうきょ》も出来《でき》ない。

七田　高志
福島県　62歳　自営業

「母」へ

感謝《かんしゃ》の言葉《ことば》より聞《き》きたいのは、
親子《おやこ》げんかでの威勢《いせい》のいい言葉《ことば》。
元気《げんき》になって聞《き》かせて。

渡辺　敦子
栃木県

すっかり気弱になった母。また、威勢のいい言葉の応酬したいな。

「今は亡き母」へ

渡良瀬橋《わたらせばし》を一緒《いっしょ》に歩《ある》いた母《はは》。
もう一度《いちど》逢《あ》いたい夏《なつ》の朝《あさ》。

アベイシリワルダナ・
ネティン・サンウィド
群馬県 14歳 中学校3年

大好きだった母。その母と共に歩いた渡良瀬橋。その夏の朝を回想して。

「母さん」へ

もうすぐ百歳《ひゃくさい》だね。
施設《しせつ》に行《い》く度《たび》に
僕《ぼく》を周《まわ》りに自慢《じまん》げに紹介《しょうかい》する母《かあ》さんが
僕《ぼく》の自慢《じまん》です。

中島 通則
埼玉県 68歳

私は埼玉県に住んでいますが、毎月実家のある越前市の老人施設に入居している98才の母の見舞いに行っています。母は認知症の状態ですが、私をいつまでも自分の子供として気にかけてくれていると思うと母の事がとてもいとおしくなります。

「お母さん」へ

お化粧《けしょう》した時《とき》と、
してない時《とき》どっちがいい？
て聞《き》いたけど、
笑顔《えがお》の時《とき》が一番《いちばん》好《す》きです。

長島　杏
埼玉県　中学校1年

「お母さん」へ

お義母《かあ》さんができました。
「お母《かあ》さん」って呼《よ》んでます。
でも天国《てんごく》のお母《かあ》さんが一番《いちばん》よ。

母は、私の再婚を知らずに亡くなりました。私に再び母と呼べる人ができました。
夫、70才　義母95才

金子　政子
千葉県　58歳　焼肉店パート

「おかあさん」へ

はたらきすぎで、体《からだ》こわさないで。
いつやすむの、
いつやすむの、おかあさん。

金城　虎生
千葉県　9歳　小学校3年

「お母さん」へ

最近《さいきん》抱《だ》きつくのを嫌《いや》がってごめんね。
ぼくはもう、はずかしいんです。

中村 雅哉
千葉県 11歳 小学校6年

「三回忌の母」へ

初母娘旅《はつおやこたび》は大学受験《だいがくじゅけん》。
仙山線《せんざんせん》が大雪《おおゆき》で立往生《たちおうじょう》し
線路《せんろ》を歩《ある》かされたね
サクラチルだったけど

吉村　りつ子
千葉県　65歳　主婦

コートを新調し大はりきりの母でしたが「雪が多いと冬場に帰省出来ないから落ちてよかったよ。」となぐさめの言葉をかけてくれました。

「母」へ

いつ寝《ね》ているの？
僕《ぼく》が寝《ね》る時《とき》起《お》きていて、
起《お》きるとご飯《はん》が出来《でき》ている。
いつもありがとう

本当にいつ寝ているのか不思議です。

金子　誠之介
東京都　12歳　中学校1年

「おかん」へ

おかん、いい加減《かげん》飯中《めしちゅう》に
スマホいじるのやめてくれ。
おれの話《はなし》もなかなか面白《おもしろ》いぜ。

齋藤 陽希
東京都 14歳 中学校3年

怪物女《かいぶつおんな》と言《い》われるの。
でも、いやじゃないの、
来春《らいしゅん》は課長《かちょう》よ、
母《かあ》さんの子《こ》だものね。

坂口　絵美
東京都　36歳　会社員

「おかあさん」へ

おねえちゃんだからがまんする
でも一《いっ》こだけ、
たまにはわたしともおふろはいって

柴田　晴
東京都　6歳　小学校1年

おかあさんになんでもいいからてがみ書いてごらんと言って、さあどんな不平、不満をかいてくるだろうと思っていました。小さな弟が生まれてなかなか一緒におふろにも入れていなかった、そのさびしさを書いてくれるとは思いませんでした。（母解説）

「まま」へ

「もっとお酒《さけ》飲《の》ませてあげればよかった」
ぱぱが死《し》んだ日《ひ》
ままがぱぱを好《す》きだと知《し》ったよ

須藤　真弦
東京都　31歳　アルバイト

私が小6の時、父が亡くなりました。父はいつも母に酒代をくれとせがみ、そのことでケンカしていました。だから母は父のことをキライなんだとずっと思っていました。だからこの言葉をきいた時、はじめて母のきもちを知りました。

「お母さん」へ

メールを私《わたし》にくれるとき、
どうしていつも敬語《けいご》なの？
他人《たにん》みたいで、ちょっとさびしい。

高木 花音
東京都 14歳 中学校3年

「ママ」へ

いつもありがとう。
十割《じゅうわり》中八割《ちゅうはちわり》は私《わたし》と姉《あね》の名前《なまえ》
逆《ぎゃく》で呼《よ》んでるけど、
そんなママが大好《だいす》き。

藤原 唯愛
東京都 14歳 中学校2年

「母さん」へ

母《かあ》さん。
よそではシチューは
ご飯《はん》にはかけんらしいです。
嫁《とつ》ぐ前《まえ》に教《おし》えといてください。

ある日夫に「なんでかけるの…?」と言われて気付きました。
妹も嫁いでから気付いたらしいです。

古川 和枝
東京都 39歳 会社員

「ママ」へ

私《わたし》に勉強《べんきょう》しろと言《い》うけど、
ママが昔数学《むかしすうがく》で二点《にてん》を取《と》ったこと
おばあちゃんから聞《き》いたよ。

八幡　風音
東京都　13歳　中学校1年

もし母《はは》が同級生《どうきゅうせい》だったら
僕《ぼく》は絶対《ぜったい》嫌《きら》われていたと思《おも》う
だから母《はは》が母《はは》で良《よ》かったと思《おも》う。

吉弘　有希
東京都　13歳　中学校2年

「母」へ

背後《はいご》から、
書《か》いている日記《にっき》をのぞきこんだら
『昨日《きのう》と同《おな》じ』って、
それはダメでしょ！

町田　ゆかり
長野県　60歳　自営手伝い

とっても優しくて可愛い母でした。

「おかん」へ

俺《おれ》の前《まえ》で　おならするのに
父《とう》さんの前《まえ》でしないね。
まだ乙女《おとめ》なんやな。
聞《き》かせてあげた〜い

有田　翔太郎
福井県　15歳　高校1年

「おかん」へ

うざかった。
母《はは》のアラーム。
持《も》っては、いけないんだね。

春から大学に進学し、家を離れる自分になくてはならないものの一つ。

岩山 弦生
福井県 17歳 高校3年

「お母さん」へ

鏡《かがみ》の前《まえ》で嬉《うれ》しそうに
似《に》合《あ》ってる?と聞《き》いてくる
お母《かあ》さん、それ私《わたし》の服《ふく》だから。

上野　萌夏
福井県　18歳　高校3年

「まま」へ

私《わたし》、この学校《がっこう》に来《き》てから、
ままより大好《だいす》きな人《ひと》ができました。
ね？成長《せいちょう》してるでしょ？

織田　朋花
福井県　13歳　中学校2年

「ママ」へ

ぼっしゅうから一週間《いっしゅうかん》。
もしもし、私《わたし》のけいたい帯元気《げんき》ですか？
応答《おうとう》なし。

小津　美都波
福井県　13歳　中学校1年

「ママ」へ

ママ、痛《いた》かったでしょ？
よくがんばったね。
私《わたし》良《い》いお姉《ねえ》ちゃんになるからね。

小原　ゆず季
福井県　12歳　小学校6年

「おかあさん」へ

またこんど、
ふたりだけでおでかけしたいな。
ふたりでないしょのおはなししようね。

河村　紗良
福井県　7歳　小学校1年

「母」へ

必死《ひっし》になみだをこらえてもどったのに、
お母《かあ》さんだけはすぐ気《き》づいたね。

北林　勇人
福井県　10歳　小学校5年

スポーツ用品店で家族とはぐれて、やっと見つけた時、
なみだをこらえられずにないてしまいました。

「お母さん」へ

怒《おこ》られるのは五月蠅《うるさ》いしやだ。
けど、悪《わる》いことして怒《おこ》らないのは、
もっと怖《こわ》いからやだ。

木谷　春香
福井県　13歳　中学校2年

「心配性のママ」へ

ママのお腹《なか》から産《う》まれてきたのに、
顔《かお》も性格《せいかく》もパパにそっくりでごめん。

ぼくはすごくマイペースで、どんなことにもあわてません。

黒川 蒼一朗
福井県 12歳 小学校6年

「おかあさん」へ

「すきな子《こ》いる?。」って、
ぼくはずうっとおかあさんだよ。
おかあさんもでしょ?

近どう　ゆう太
福井県　8歳　小学校2年

「おかあさん」へ

たれめ、だんごっぱな、へんなこえ、
ぼくとおかあさんがにているところ。
うれしいな。

杉原　瑞基
福井県　7歳　小学校1年

「お母さん」へ

お母《かあ》さん、
その誕生日《たんじょうび》ケーキのろうそくの数《かず》、
足《た》りていない気《き》がします。

尋田 香里
福井県 18歳 高校3年

「おかあさん」へ

おこられているときも、
ママをひとりじめできるから
こわいけどうれしいんだよ

立野　裕眞
福井県　６歳　小学校１年

東京《とうきょう》オリンピックに出《で》るからと言《い》う
九十歳《きゅうじゅっさい》の母《はは》へ。
ブラボーなほら話《ばなし》に娘《むすめ》から金《きん》メダル。

谷口 留美
福井県 46歳 主婦

「母」へ

私《わたし》と娘《むすめ》の名前《なまえ》を間違《まちが》えて呼《よ》ぶのは、
もう慣《な》れたけど
最近《さいきん》は昔《むかし》かってた犬《いぬ》の名《な》まで仲間入《なかまい》り

坪井　よしえ
福井県　45歳

「母」へ

いちいち大会見《たいかいみ》に来《く》るなよ、
何度《なんど》止《と》めても来《く》る、
負《ま》けてしまう俺《おれ》を応援《おうえん》する為《ため》に。

戸川　凌太
福井県　17歳　高校3年

大会で負けてしまう自分をみせたくなかったです。

「お母さん」へ

くるくるしてるぼくのかみの毛《け》。
お母《かあ》さんが好《す》きって言《い》ってくれたから
ぼくも好《す》き。

はせ川　こうと
福井県　9歳　小学校4年

「おかあさん」へ

おかあさんっていったいいくつですか？
まい年聞《き》いてるけど
いつも二《に》十《じゅう》八《はち》っていうよね。

花岡 立翔
福井県 8歳 小学校2年

「お母さん」へ

弱虫《よわむし》なぼくに
いつも声《こえ》をかけてくれてありがとう。
やさしくされると、またなみだが出《で》る

林　ひろ
福井県　小学校3年

「がんばる母」へ

孫《まご》と同《おな》じ服《ふく》を買《か》い、
孫《まご》と同《おな》じアプリを使《つか》う、
あなたの努力《どりょく》はすばらしいよ！

東 香里
福井県 39歳 主婦

「お母さん」へ

わたしのために、
しかってくれるのはわかってるけど、
ほめてくれるお母《かあ》さんが大《だい》すき。

樋口　嘉恋
福井県　7歳　小学校2年

いつも相談《そうだん》にのってくれてありがとう。
でも、男同士《おとこどうし》の話《はなし》は
お父《とう》さんからも聞《き》かないで。

久谷 浩輝
福井県 10歳 小学校4年

「お母さん」へ

あと2センチ。
お母《かあ》さんと同《おな》じ高《たか》さを見《み》るには。
お母《かあ》さんの世界観《せかいかん》みてみたいな。

平山 紫月
福井県 14歳 中学校2年

「お母さん」へ

細《こま》かいことでおこらず、
ぼくを信《しん》じていてください。
必《かなら》ずりっぱな男《おとこ》になります。

細川　敬史
福井県　10歳　小学校4年

「お母さん」へ

お人形遊《にんぎょうあそ》びでは、
一《いっ》しょにもっと、
やくになりきって
遊《あそ》んでほしいよ。

前川 ひとみ
福井県 9歳 小学校3年

「まま」へ

あしたは、はやくかえれるように
かいしゃのひとにいっておいてね。

正田　しおり
福井県　7歳　小学校1年

「大すきなママ」へ

ママがギューってしてくれると
大《だい》すきでいっぱいになるよ。
ずっとなかよしでいようね。

松田　栞奈
福井県　6歳　小学校1年

「母」へ

目《め》を瞑《つむ》る私《わたし》に母《はは》は泣《な》きながら言《い》う。生《う》まれてきてくれてありがとうと。私《わたし》、起《お》きてるよ。

松本 通世
福井県 18歳 高校3年

夜おそくに帰ってくる母に起きているのがバレると早く寝なさいと口うるさく言われるのが嫌で寝たふりをしたら生まれてきてくれてありがとうと泣きながら言われ、私は寝ていると思っている母に、起きてるよ、聞いてるよ、と思った。

「おかあさん」へ

なんで電話《でんわ》が来《き》た時《とき》だけ
別人《べつじん》のようなきれいな声《こえ》で話《はな》すんですか。
ふだんもそう話《はな》して。

水上　愛彩
福井県　10歳　小学校4年

「母ちゃん」へ

ムカデが出《で》た。
ムカデよりムカデを殺《ころ》す母《かあ》ちゃんの方《ほう》が
めっちゃこわかったよ

湊 桃子
福井県 11歳 小学校6年

「お母さん」へ

お母《かあ》さんの取《と》りあつかいせつ明書《めいしょ》を下《くだ》さい。
あつかい方《かた》にこまっています。息子《むすこ》より。

宮永　英太郎
福井県　9歳　小学校4年

「母」へ

ぼくへのふまんを
ねごとで言《い》うのはもうやめて
皆《みな》が聞《き》いてるから

武藤　伊吹
福井県　12歳　中学校1年

「母さん」へ

母《かあ》さん、
父《とう》さんをもっと褒《ほ》めて伸《の》ばしてあげてよ。
きっと父《とう》さん変《か》わるの早《はや》いよ(笑《わらい》)。

3人の子どもを育てあげてきた、ベテランママだから、人を伸ばす方法は十分知っているはずなのに。どうして父さんにはできないかなあとつくづく思ってしまうのです。

森 里美
福井県 41歳 公務員

「お母様」へ

二者面談《にしゃめんだん》、
行《い》く時《とき》奇麗《きれい》だったのに
帰《かえ》ってきたら
顔《かお》が鬼《おに》なのは何故《なぜ》ですか。

山口 滉太
福井県 15歳 高校1年

「母さん」へ

そんな顔《かお》して大福《だいふく》頬張《ほおば》るから、
父《とう》さん今日《きょう》もまた
同《おな》じの買《か》ってくるんだよ。

山下　菜香
福井県　36歳　会社員

「母」へ

出《で》ていく時《とき》は犬《いぬ》じゃなくて
自分《じぶん》を選《えら》んでください。どうか。

山本　匠真
福井県　17歳　高校3年

「ママ」へ

「あれがない！。」

風呂場《ふろば》から出《で》てきた素《す》ッ裸《ぱだか》。

ママよ、マジでやめてくれ。

山本　花奈
福井県　16歳　高校1年

「あれがない！」と裸のまんま、家中を歩きまわることをやめてほしかった。

「お母ちゃん」へ

携帯《けいたい》ワン切《ぎ》りは「かけて」の合図《あいず》。
また父《ちち》のぐちゃろ。
コーヒー入《い》れてからかけ直《なお》すね。

石丸　裕子
岐阜県　43歳　主婦

「母さん」へ

ずるいよ　涙《なみだ》を見《み》せるなんて。
思《おも》いっきり　なぐってくれよ。

中村　勉
岐阜県　72歳

私が母の言いつけを守らなかった時、母は涙を流した　なぐられるより痛かった

「義母」へ

日々《ひび》少女《しょうじょ》になっていく貴女《あなた》に
私《わたし》の胸《むね》の奥《おく》のもの消《き》えたよ。
いっぱい生《い》きてね。

正村　まち子
岐阜県　69歳　保育士

「お母さん」へ

地震《じしん》!
「一番《いちばん》の宝物《たからもの》だから」と
僕《ぼく》を背中《せなか》に外《そと》に出《で》たね。
今度《こんど》は僕《ぼく》が守《まも》っていくからね。

勝俣 歩都
静岡県 13歳 中学校2年

母のとっさの行動を今でも覚えています。小一だった自分。背中のぬくもりが今でも忘れられません。

「まま」へ

いつもなでてくれるから、
ままがつかれてたら、
さっちゃんがいいこいいこしてあげる。

後藤　咲音
静岡県　7歳　小学校1年

おかえし♡

「お母さん」へ

「私《わたし》は小《ちい》さい頃《ころ》、結構《けっこう》モテたのよ。」
なんて言《い》うけど
そろそろ小《ちい》さい頃《ころ》の写真《しゃしん》見《み》せてよ。

吉永　彩夏
静岡県　14歳　中学校2年

私《わたし》の学費《がくひ》のため
母《はは》はヤミ米運《ごめはこ》びを始《はじ》めました。
私《わたし》は恥《はず》かしくいやでした
今《いま》ゴメンネ百遍《ひゃっぺん》

同じ電車に母がヤミ米をかついで乗りました　友だちに見られるのが恥かしく
私は母をさけていました。心でゴメンネ云っていましたが当時は母をさけていました。

小野寺　陽子
愛知県　79歳　主婦

「お母さん」へ

前《まえ》から言《い》ってるけど、
サンタさんに来《こ》なくていいと伝《つた》えて。
もう高校生《こうこうせい》なので…。

中村 雅彦
愛知県 16歳 高校2年

「お母さん」へ

ねるとき、いつもせ中《なか》お母《かあ》さん。
きにくわん。さみしい。
だから、せ中《なか》にひっつき虫《むし》。

弟ができてから、お母さんは、ずっと、弟の方をむいて、ねるようになった。
さみしいから、お母さんの、せ中に、しがみつく。

高畑　心美
滋賀県　6歳　幼稚園年長

ケーキはその日《ひ》のうちに食《た》べてるで。
おとんは残《のこ》しといてと
言《い》うたきりになったもんな。

松本　俊彦
京都府　53歳　会社員

「お母さん」へ

大人《おとな》の私《わたし》に帰宅《きたく》は明《あか》るい内《うち》に
と言《い》うのはやめて下《くだ》さい
と　私《わたし》も娘《むすめ》に言《い》われました。

西川　久美
大阪府
オルガン・ピアノ演奏教師

家《いえ》を離《はな》れて気《き》づきました。
母《かあ》さんの「お帰《かえ》り」が、
私《わたし》の「ただ今《いま》」より先《さき》だったことに。

渡辺　廣之
大阪府　64歳　非常勤職員

「母さん」へ

いつも「味見《あじみ》せんかった」って言《い》うけど、
私《わたし》の好物《こうぶつ》の時《とき》はしてるの知《し》ってるよ。

稲吉　紗奈
兵庫県　17歳　高校3年

「母」へ

何《なん》でたまにしか来《こ》ない
兄《あに》、弟《おとうと》には優《やさ》しくして楽《たの》しそうなの。
毎日《まいにち》世話《せわ》しているのは私《わたし》よ。

西川 清子
兵庫県 56歳 看護師

「母」へ

おかんの貯《た》めたへそくりが
全《すべ》て俺《おれ》の私学支金《しがくしきん》に消《き》えてしもた
将来倍《しょうらいばい》にして返《かえ》したる。

藤原 快斗
兵庫県 16歳 高校2年

「義理の母」へ

旦那《だんな》さんの愚痴《ぐち》を言《い》ってすみません。
『何《なに》かあれば製造元《せいぞうもと》まで』
の言葉《ことば》に甘《あま》えました。

山際 環
兵庫県 37歳 会社員

仲の良い姑に、たまに愚痴を言ってしまいますが、ゴメンねと言って、
対処法をを優しく教えてくれます。

「愚痴る母」へ

父《ちち》が、「美味《おい》しい」って言《い》わへんのはな。
毎日《まいにち》、同《おな》じ料理《りょうり》が続《つづ》くことになるからやで。

竹内　陽子
奈良県　33歳　事務員

「不味い」と言えば怒り、「美味しい」と言えば同じものをつくり続ける母。
そして、「もう何も言わないことに決めている」と言う父。

父《ちち》が帰宅《きたく》する前《まえ》
そっと紅《べに》を引《ひ》いてたね
ちょっと素敵《すてき》だと思《おも》った

野口 裕子
和歌山県 63歳

「お母さん」へ

激怒《げきど》して涙《なみだ》を流《なが》すお母《かあ》さんを見《み》て、
僕《ぼく》は悔《くや》しくなる。
「何《なん》で怒《おこ》らせちゃうんだ。」ってね。

光浪　大和
鳥取県　11歳　小学校6年

「かあさん」へ

ムダ遣《づか》いするなと言《い》うけれど、
あなたのバックはどうなのさ。

河本 玲旺
広島県 17歳 高校2年

「お母さん」へ

ぴったりしたふくをきないでください。
すわったとき、二段《にだん》ばらが目立《めだ》ちます。

北島　和真
広島県　7歳　小学校2年

72年前《ねんまえ》に被爆死《ひばくし》したお母《かあ》さん
僕《ぼく》が体験《たいけん》した生《い》きる歓《よろこ》びを
いつか話《はな》して聞《き》かせるからね

能村 正徳
広島県 75歳

「おかあさん」へ

おかあさんは、
おこりんぼうで、わすれんぼう。
でもおかあさんのうでは、天《てん》ごくです。

東　万里子
広島県　7歳　小学校2年

おかあさんのうではやわらくて、ぷよぷよしています。だっこしてもらうと天ごくにいるみたいです。

「電話De名演技な母」へ

知《し》ってますよ。孫《まご》に会《あ》うため、耳《みみ》が遠《とお》いフリする孫々《まごまご》詐欺《さぎ》。だまされたフリして行《い》くわ。

宗正 いぶき
山口県 33歳 公務員

久しぶりに、実家の母に電話すると、「ちょっと、よく聞こえない」と何度も言う。会話にならず、心配にもなり「じゃあ、来月行こうかな」と言うと、急に聞きとれるみたいで「ごはんは何食べたい?」など、ルンルン。名演技な母は、女優だと思いつつ、だまされるフリする私も、一緒か。

「母」へ

悪《わる》いとこ、ばかり似《に》たねと言《い》うけれど、
良《い》いとこばかり、似《に》てもいいやでしょ。

北内 康文
徳島県 63歳

「母さん」へ

ふたりだけの写真《しゃしん》は、
たった一枚《いちまい》だけだね。
だから、ずっとずっと大事《だいじ》にするからね。

五人兄弟の真ん中で育った私。よく似た顔…よく似た性格…だからよくけんかもしたね。母さんと…。亡くなった後に手元に残ったのは仲良く写っている、たった一枚の写真です

古市 鈴子
香川県 63歳 パート

「ママ」へ

ぼくはいつからお母《かあ》さんてよぼうかな？
よび方《かた》を変《か》えるって難《むずか》しいね。
照《て》れるやん。

福永　真大
佐賀県　11歳　小学校5年

「お母さん」へ

夏《なつ》は貴方《あなた》の日傘《ひがさ》に潜《もぐ》り込《こ》み、
冬《ふゆ》はポケットの中《なか》で手《て》を繋《つな》ぐ
この日々《ひび》が続《つづ》きますように。

小川　真凪
長崎県　15歳　高校1年

「かあさん」へ

かあさん早《はや》く病気《びょうき》治《なお》してよ。
早《はや》く試合《しあい》応援《おうえん》しに来《き》てよ。
俺《おれ》、たくさん活躍《かつやく》するからさ。

西村　侑世生
熊本県　16歳　高校2年

「お母さん」へ

自分《じぶん》の生《い》き方《かた》に自信《じしん》をなくした時《とき》
あなたの生《い》き方《かた》はかっこいいと
言《い》ってくれて嬉《うれ》しかった

私が友達のこと、勉強でなやんでいる時お母さんに相談したらあなたは、あなたらしくていいと思う。あなたの生き方は、すごくカッコイイと言ってくれた時とてもうれしくて、私はあきらめないと思いました。

福田 乃彩
熊本県 14歳 中学校2年

「母さん」へ

孫《まご》背負《せお》い無題《むだい》の歌《うた》で寝《ね》かしつけ
記憶《きおく》なき記憶《きおく》を辿《たど》れば
あなたの背《せ》で聴《き》いた歌《うた》かと想《おも》う

藤田　加津代
熊本県　55歳　会社員

「お母さん」へ

特売日《とくばいび》。獣《けもの》の目《め》となるお母《かあ》さん。
節約《せつやく》いいけど、そのオーラは隠《かく》してくれ。

小城　武翔
鹿児島県　17歳　高校2年

「お母さん」へ

ねぇ、お母《かあ》さん。
父《とう》さん帰宅《きたく》した時《とき》に
いきなりトーン下《さ》げないであげて。

杉山 穂乃香
鹿児島県 17歳 高校3年

「ママ」へ
別《わか》れた旦那《だんな》さんのことを
「あの野郎《やろう》」と言《い》うのは
止《や》めてもらえませんか。
私《わたし》の父親《ちちおや》です。

福永 房世
鹿児島県 54歳 主婦

「おかあさん」へ

おかあさん
おとうさんがいなくてさみしいね。
かほは、もうなれたよ。

具志堅　夏帆
沖縄県　7歳　小学校2年

総評

選考委員　小室　等

それにしても子どもは母親がこんなにも好きだったのだということを今更ながら感じた。子が母を想うこと、母が子を想うことがどんなに支えあっているかと今回の母への手紙を見てつくづく思う。選考の中で少しきれいごとに作っているなと思う作品も少なからずあった。応募はされてこなかったが、母に対しての愛憎、時には憎悪の方が深いことも世の中にはあるだろう。そう思うにつけ「お母さん好き」という言葉が奇麗ごとじゃなく、その人が本当に実感として母を好きでいてくれていると思える作品を注意深く選ばせていただいた。裏返して言うと、表現されていない人たちの辛い思いも世の中にはあるだろう、そういう想いにも僕らは想いを寄せながら選考をしたいと思った。

また「ママのいないぼくにママができた。ぼくのママになってくれてありがとう。大すき」という作品があった。今回、学校から応募をいただく際に、母親のいない子の気持ちを慮り、応募することがよいのだろうかという声があったように聞く。でも母親のいない子には母親のいない子の想いがあり、しかもこの作品のように違うママが来たのに、でもそのママを大好きといえるようになるということだってある。母のいない子を悲しませるのではないかと気遣う風潮ってどうなのか。もっともっとそれぞれの子の気持ちを聞き出せることの方がよいのかなと思う。

いずれにしても母親が子どもを想ってくれているということが、子どもをどんなに支えるか。世の中の誰も想ってくれなくても母親が想ってくれるだけでやっていける、そういう母の役割は本当に大きい。子どもたちはその母に全幅の信頼を寄せている。お母さん元来の無防備とも呼べる全き母の愛というものが、「母へ」の手紙の作品たちによって浮き彫りにされた。改めて母の大きさを知った今回の選考だった。

（入賞者発表会講評より要約）

予備選考通過者名

順不同

北海道

赤藤 香奈恵
内海 東海子
久保 璃瑚
坂井 美貴子
佐々木 伊千代
谷川 欽映
吉倉 亜希子

青森県

長根 萌生

岩手県

神田 由美子

宮城県

菅原 礼
中武 智子
丸子 弘志
横溝 麻志穂

秋田県

今野 芳彦
深沢 えい子

山形県

遠藤 克也
ごとう ふうと
清和 喜美

福島県

飯村 伸一
猪狩 史華
梶内 羽響
上遠野 恵美
佐川 晴水
佐藤 恵美子
野崎 恵理
渡部 慶

茨城県

片岡 真紀
千田 美夏
成田 直美
舟橋 優香
森野 瞳
谷口 凜恩

栃木県

中村 実千代

群馬県

狩野 智子
清水 堅美
杉田 璋郎
髙木 萌々華

埼玉県

青木 美佳
伊比 一真
沖 壮之介
加藤 道子
桑山 美香
齋藤 華琳
鈴木 康太
鈴木 史統
立花 侑正
丹内 哲郎
中城 惠理
野口 莉央
村上 大喜
柳原 竣介
山本 直季
矢部 克樹
山下 倫生
山﨑 綾香

千葉県

阿部 りか
荒川 恵美
飯田 萌歌
伊藤 朱璃
宇佐見 弥櫻子
宇佐美 優
奥田 富子
北村 義哉
久保田 鶴子
齋木 操子
清水 春義
白土 颯人
成田 玲子
野廣 愛子
畠山 茉莉花
平川 翔真
藤原 こまち
向窪 佑祥
柳澤 美智子
山口 萌歌
山野辺 依梨
山本 しげ子
吉田 佳音
渡辺 智美

東京都

芦葉 愛佳
石川 かのこ
市川 葉子
大隈 裕子
川上 真央
ゴーカイルン
こうじん はるな
小谷 優依
佐藤 京子
髙橋 真斗
田中 真衣
土屋 春美
内藤 梨央
古川 和枝
古川 和枝
松岡 愛子

東京都

籾山 大空

神奈川県

荒井 恵美子
尾崎 信夫
加藤 優子
川口 大次郎
木村 里香
工藤 和恵
齊藤 有彩
鈴木 邦義
山本 彪人
吉川 弥生
渡邉 ゆう子

山梨県

辻 美佐子
原 悠晴

長野県

青木 繁子
赤羽 靖子
伊東 昊咲
小松 明香
佐藤 千代子
佐藤 奈己
髙砂 慶子
竹内 知未
遠山 美春
富岡 直子
新津 信子
花岡 薫
町田 ゆかり
水谷 ひろ子
山岡 あやの

新潟県

今井 良子
桑原 萌乃
佐藤 杏珠
佐藤 小百合
中川 曙美
涌井 司

富山県

伊東 真由美
上野 栄一
越井 和奏
中島 純子
成木 レイ子
藤井 美玖
八ツ橋 漁太
松谷 旬斗
山川 澄子

石川県

油野 圭吾
岡山 保
岸野 剛
北野 美雪
北原 有己子
清水 亮篤
中島 凜大
橋本 好美
三浦 幸生
宮川 芳子

福井県

安宅 華
有田 翔太郎
ありた はるのぶ
飯岡 春翔
五十嵐 淳一郎
池田 唯菜
池田 琉哉
石上 奈々美
石隅 空峨
泉 湧太
磯川 竜之介
市川 幸恵
一ノ宮 永遠
伊藤 たつお
稲木 美里
井上 涀晴
井上 愛菜
岩﨑 隆聖
上ノ山 倫太朗
上村 亜衣
ウジス ゴラン
内田 悠翔
宇山 由起
宇山 由起
漆崎 華夢
江川 颯人
江向 來夢
大久保 愛璃
大倉 翼
大崎 琳胡
大霜 悠太朗
大田 花希
岡倉 太陽
奥島 健太
小谷 一也
尾原 未来
鍵原 藍
門 美里
加藤 伶奈
かとう わた
門川 莉奈
金巻 明希
川上 晴菜
川崎 歩莉
河原 直汰
河畑 佐季
北川 穂花
木谷 紫陽花
木下 奈乃花
木下 ゆいと
木村 健琉
清野 心望香
黒坂 政嘉
くろだ ともき
黒田 麻優子
桑原 空之介

福井県

桑原 瑞奈
河野 隼大
小嶋 晃輝
小竹 明日香
小玉 こう大
後藤 亜好
小林 諒人
小林 希光
小森 秀真
近藤 灯
斉藤 愛実
斉藤 春花
坂下 和優
さと見 かのあ
木村 光
三七 沙南
しげはらこうせい
重久 惺哉
清水 彩帆
白木 直子

新谷 悠宇
菅原 永遠
杉山 皓亮
鈴木 夢
砂原 沙希
曹 紗也佳
高田 未来
高田 結
高津 玉船
髙橋 海斗
高橋 和渡
髙橋 沙奈
高岡 志帆
髙橋 拓己
髙柳 一誓
龍渓 凜音
田中 健太郎
為頭 芽依
田村 悟美
辻村 すみれ
津田 理奈子

土田 杏樹
土田 彩絢
坪井 裕哉
坪川 芽生
坪田 悠士
徳庄 七春
徳丸 雨峰
鳥山 羽菜
鳥山 璃子
永池 千鶴子
中尾 晶
中垣内 颯人
中澤 燎汰
中島 杏珠
仲嶋 優太
中瀬 創介
永田 志乃
永田 容子
中村 龍翔
成瀬 奨真
なるみもとのり

西尾 ひより
西川 涼生
西田 幸輝
西野 月菜
西畑 勝人
西本 莉菜
西森 悠貴
野口 千菜
野坂 浩哉
野坂 誓
橋本 滉生
長谷川 真央
花岡 羚央
浜田 彩恵
濱永 知優
濱本 和華
早瀬 匠
早瀬 真
原 ひなた
東 優夏
東出 実依

兵堀 菜波
日芳 爽介
平田 祐子
ひろせもなみ
藤江 真尋
藤田 一冴
藤田 花音
藤田 奈那
藤田 陽翔
藤田 凜音
藤本 鉱成
藤本 聖來
細川 あきら
細道 楓隠
堀田 桃花
前田 愛華
真柄 龍成
松田 愛莉
松田 悠利
松田 璃奈
三上 愛歩

三寺 叶純
三波 蒼空
南川 大和
蓬田 千咲
宮川 晃
宮田 祢央
みやひら そうた
宗沢 望美
村井 花望
百井 暉竜
八百山 優
八十川 大翔
柳田 明彩陽
山里 依紗
山内 歩
山内 心音
山口 智也
山田 知佳
山田 紀恵
山田 陽夏
山田 帆南

福井県

山田 美優
大和 望未
山本 航太朗
山本 真愛
山本 梨未
結城 杏菜
ゆるすごうのすけ
吉川 稔里
吉田 真菜
吉田 裕飛
脇本 直多郎
渡辺 杏南
渡邊 美奈望

岐阜県

入合 まり子
坊垣 妙泉

静岡県

相場 久枝
荒井 紀恵
市川 蒼太
伊藤 絵里
伊東 静雄
岩本 弥生
後藤 美波
島田 聡子
杉山 昊生
杉山 みつ江
西原 強
野田 政代
村松 みどり
村松 怜旺
渡邊 しず子

愛知県

浅井 鶴江
今泉 絢子
岩田 歩実
上原 詩保子
栄馬 啓子
大河 美鈴
加治 未紗
蟹 小百合
神谷 直邦
河添 りお
久野 利典
小久保 継
重信 葵
鈴木 初子
桃原 海音
中村 玲子
橋本 康男
畠田 海豪
伴野 未侑
久末 史帆
深尾 瑠莉
本馬 みち子
水野 日菜子
山之内 淳
山本 かれん
吉川 真美
吉沢 来夢
吉田 倫子
吉浜 幸子

三重県

稲垣 みね子
太田 智子
多田 智子
増田 帆荷
渡部 真粋

滋賀県

玉木 昌美
中村 廣子

京都府

片岡 環
新谷 隼都
橋本 玖美
増永 光希

大阪府

大塚 妃予子
小野寺 正子
神並 真
北浦 千奈美
北尾 陽子
立石 恵美子
中野 香奈
中野 雄介
彦阪 聖子
藤定 花菜子
本田 望
前川 智子
宮島 秀樹
森本 剛史
吉田 庵慈
吉田 郁子

兵庫県

井口 加奈子
井戸下 正彦
仮野 理恵
岸井 慧乗
是安 拓磨
齋藤 恒義
坂口 智美
田中 夏輝
錦織 茉紘
松井 俊樹
松川 千鶴子
松川 千鶴子
真野 旭央
山本 純也
横山 拓海

奈良県

浅井 穂乃香
中嶌 美子
宮田 昌子

和歌山県

山本 哲夫

鳥取県
川戸 和代
笹尾 知佳
目春 陽子

島根県
川﨑 久美子
木下 心

岡山県
井上 三枝子

広島県
海老原 楓子
亀井 菜々子
北島 和真
熊田 絢
清水 星花
大畑 佳己
高橋 涼風
竹村 愛海
中山 優衣
藤井 満子
藤川 怜大
松井 町世
宮下 藍
宮原 里奈
八城 桜子
安平 彩乃
吉川 実来

山口県
梶山 琴海
藤田 利雄

徳島県
阿地 しずく
坂東 典子

香川県
馬越 直子
大西 明

愛媛県
川口 澄子
曽我部 愛優花

高知県
山田 佑太

福岡県
石坂 悠人
住徳 翔未
徳永 彩花
髙田 侑暉
中原 詩音
田中 麗奈
中島 充希
花田 倫太郎
久冨 紫音
積田 智代美

佐賀県
あさの はるき
高原 葵

長崎県
指方 依子
松元 菜那子

熊本県
牛島 菜々美
寺田 美晴

大分県
宇都宮 佳津子
小野 淳子
林 幹子
山田 皇臥

宮崎県
内田 理佐
髙畑 直翔

鹿児島県
安達 留美
礒脇 ひなの
猪野 祐介
内田 由香理
おいえ あやと
上山 琴未
迫田 薫
新地 栞奈
諏訪 蒼馬
堂園 佳穂
福永 房世
二川 芽生
森 健琉
吉田 瑞希
吉之元 海有

沖縄県
小栗 尚
古我知 良斗
島袋 結衣
杉山 陽子
平良 碧
玉城 杏里
仲村 芳美
中元 由美子
前川 由美子
宮城 優子
湧川 千夏

カナダ
池田 春な

あとがき

早いもので、「一筆啓上賞　日本一短い手紙」は、今回で二十五回目を迎え、皆様から寄せられた応募作品の総数は、百三十五万通を超えています。活字やメールでは伝わらない本物の手紙文化を大切にしていきたいという思いから、全国初の手紙コンクールとして、平成五年に「日本一短い母への手紙」から始まりました。

四半世紀の節目でもあり、ここで一度原点に戻り、第一回と同じ「母」をテーマとして、新たな旅立ちをさせていただきました。

「母へ」には、人それぞれ様々な思いがあると思いますが、心の思いは見えません。見える形にして、初めて伝わる思いもあるはずです。

そして、いつの世も特別な存在の「母へ」の思いを見える形にして、三万八一八二通ものお手紙をいただきました。「母へ」の思いを伝えるには、四十文字はあまりにも少なかったのかも知れませんが、文面から見える物語や文面に隠れた物語にあふれていました。

予備選考会に携わっていただいた住友グループ広報委員会の皆様には、誰もが求めている母の姿が見え隠れしたのではないかと思います。最終選考会では、小室等さん、佐々木幹郎さん、宮下奈都さん、新森健之さんの皆様には、手紙から見える物語やお母さんの姿を想像しての選考でした。

終わりに、坂井市丸岡町出身の山本時男氏が最高顧問を務める、株式会社中央経済社の皆様には、本書の出版に並々ならぬご支援、ご協力をいただきました。日本郵便株式会社には、第一回からの一筆啓上賞へのご支援に感謝申し上げます。また、坂井青年会議所の皆様のご協力にお礼を申し上げます。

平成三十年四月

公益財団法人　丸岡文化財団
理事長　田中　典夫

越前 丸岡城

越前丸岡城は、天正4年（1576年）、柴田勝家の甥の柴田勝豊によって築城された平山城で国の重要文化財に指定されています。2重3層の望楼式天守は、現存する天守としては最古の建築様式を持ち、日本さくら名所100選にも認定された400本のソメイヨシノに浮かぶ姿は霞ヶ城の別名にふさわしく古城に美しさをそえます。

手紙のお手本として知られる「一筆啓上　火の用心　お仙泣かすな　馬肥やせ」この手紙は、徳川家康の功臣で「鬼作左」と呼ばれた本多作左衛門重次が陣中から妻へ宛てた手紙です。文中に出てくる「お仙」が、初代丸岡藩主本多成重であったことから、この手紙をモチーフに「一筆啓上賞」が誕生しました。この書簡碑は天守石垣の東北端に建てられています。

一筆啓上
日本一短い手紙の館

「一筆啓上　日本一短い手紙の館」は、一筆啓上賞に寄せられた手紙をただ展示するのではなく、心に響かせ、心に染み入るよう趣向を凝らした方法で紹介する、手紙文化の発信地として誕生しました。

館内でゆっくり流れる時間を過ごし、ご来館の記念にご家族や友人など大切な方へお手紙をしたためてみてはいかがでしょうか。

越前丸岡城

〒910-0231　福井県坂井市丸岡町霞町1-59
tel.0776-66-0303　fax.0776-66-0678
URL　http://www.maruoka-kanko.org
ご利用時間：午前8時30分～午後5時（最終入場は午後4時30分）

一筆啓上 日本一短い手紙の館

〒910-0231　福井県坂井市丸岡町霞町3-10-1
tel.0776-67-5100　fax.0776-67-4747
URL　http://www.tegami-museum.jp/
ご利用時間：午前9時～午後5時（最終入館は午後4時30分）
休館日：年末年始（12月29日～1月3日）展示替え等のため特別休館あり

［交通］ 車：北陸自動車道　丸岡ICから5分
電車バス：JR福井駅もしくはJR芦原温泉駅から京福バス利用
「丸岡城」バス停下車すぐ

［料金］ 越前丸岡城・歴史民俗資料館・日本一短い手紙の館
3カ所共通入場券　大人（高校生以上）450円　小人（小中学生）150円

日本一短い手紙「母へ」第25回一筆啓上賞

二〇一八年四月三〇日　初版第一刷発行

編集者――公益財団法人丸岡文化財団
発行者――山本時男
発行所――株式会社中央経済社
発売元――株式会社中央経済グループパブリッシング
〒一〇一－〇〇五一
東京都千代田区神田神保町一－三一－二
電話〇三－三二九三－三三七一（編集代表）
〇三－三二九三－三三八一（営業代表）
http://www.chuokeizai.co.jp/
印刷・製本――株式会社　大藤社
編集協力――辻新明美

ISBN978-4-502-26981-3　C0095

四六判·236頁
本体1,000円＋税

四六判·162頁
本体900円＋税

四六判·160頁
本体900円＋税

四六判·162頁
本体900円＋税

シリーズ 全25冊
好評発売中

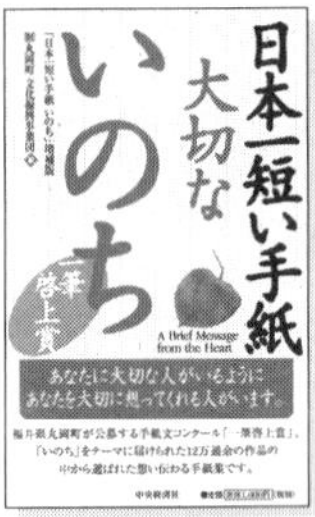

四六判·224頁
本体1,000円＋税

四六判·216頁
本体1,000円＋税

四六判·258頁
本体900円＋税

四六判·210頁
本体900円＋税

四六判·216頁
本体1,000円＋税

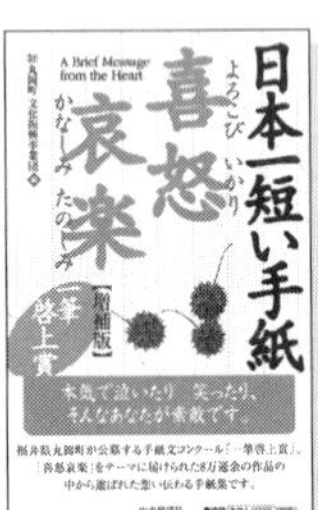

四六判·206頁
本体1,000円＋税

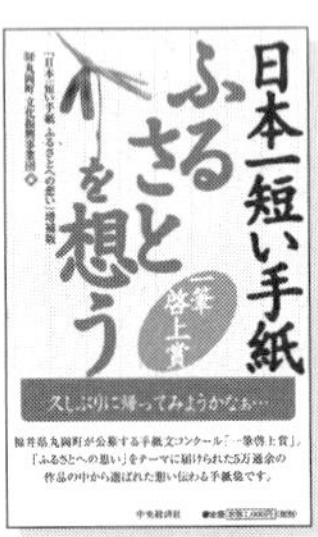

四六判·218頁
本体1,000円＋税

四六判·196頁
本体1,000円＋税

四六判・216頁
本体1,000円＋税

四六判・208頁
本体1,200円＋税

四六判・226頁
本体1,000円＋税

四六判・216頁
本体1,000円＋税

「日本一短い手紙」

公益財団法人丸岡文化財団 編

四六判・168頁
本体900円＋税

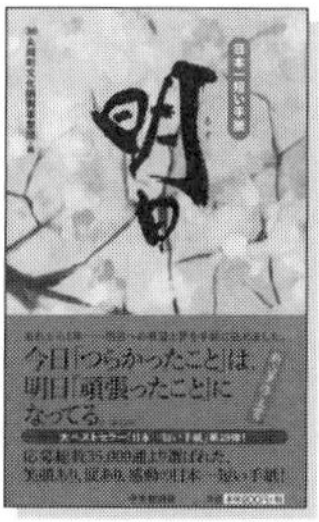

四六判・220頁
本体900円＋税

四六判・188頁
本体1,000円＋税

四六判・198頁
本体900円＋税

四六判・184頁
本体900円＋税

四六判・186頁
本体900円＋税

四六判・178頁
本体900円＋税

四六判・184頁
本体900円＋税